파일명 서정시

파일명 서정시

나희덕 시집

창비

차
례

제3부 · 주름들

제 1 부

종이감옥

눈과 얼음

사흘 내내 폭설이 내리고

나뭇가지처럼 허공 속으로 뻗어가던 슬픔이
모든 걸 내려놓는 순간

고드름이 떨어져나갔다
내 몸에서

시위를 떠난 투명한 화살은
아파트 20층에서 지상으로 곤두박질쳤다

이제 사람들은 내 슬픔과 치욕을 알게 되리라

깨진 얼음 조각을 아무렇지도 않은 듯 밟으며
지나가리라

얼음 조각과 얼음 조각이 부딪칠 때마다
얼음 조각이 태어나고

부드러운 눈은 먼지와 뒤엉켜 눈멀어가리라

심장을 켜는 사람

심장의 노래를 들어보실래요?
이 가방에는 두근거리는 심장들이 들어 있어요

건기의 심장과 우기의 심장
아침의 심장과 저녁의 심장

두근거리는 것들은 다 노래가 되지요

오늘도 강가에 앉아
심장을 퍼즐처럼 맞추고 있답니다
동맥과 동맥을 연결하면
피가 돌듯 노래가 흘러나오기 시작하지요

나는 심장을 켜는 사람

심장을 다해 부른다는 게 어떤 것인지 알 수 없지만
통증은 어디서 오는지 알 수 없지만

심장이 펄떡일 때마다 달아나는 음들,

웅크린 조약돌들의 깨어남,
몸을 휘돌아나가는 피와 강물,
걸음을 멈추는 구두들,
짤랑거리며 떨어지는 동전들,
사람들 사이로 천천히 지나가는 자전거 바퀴,
멀리서 들려오는 북소리와 기적소리,

다리 위에서 노래를 부르는 동안
얼굴은 점점 희미해지고

허공에는 어스름이 검은 소금처럼 녹아내리고

이제 심장들을 담아 돌아가야겠어요
오늘의 심장이 다 마르기 전에

탄셴의 노래[*]

1

이것은 불의 노래,
노래할 때마다 등불이 하나씩 켜져요
불은 번져가고
몸이 점점 뜨거워져요
강 속으로 걸어들어가며 노래를 불러요
강물도 끓어오르기 시작해요
뜨거워요 뜨거워요 너무 뜨거워요
사랑이여, 도와줘요
비의 노래를 불러줘요 비를 불러줘요

2

이것은 비의 노래,
노래할 때마다 불꽃이 하나씩 꺼져요
비가 내리고
몸이 점점 식어가요
강물도 가라앉기 시작해요
기다려요 기다려요 조금만 더 기다려요
이 소나기가 당신을 적실 때까지

사랑이여, 사라지지 말아요 노래를 불러줘요

  3
그러나 노래의 휘장은 찢기고
비에 젖은 잿더미만 창백하게 남아 있는 밤
불과 비도
어떤 노래도 더이상 들리지 않는 밤

* 고대 인도의 가수 탄센과 그의 딸에 관한 신화.

파일명 서정시[*]

그들은 〈서정시〉라는 파일 속에 그를 가두었다
서정시마저 불온한 것으로 믿으려 했기에

파일에는 가령 이런 것들이 들어 있었을 것이다

머리카락 한줌
손톱 몇조각
한쪽 귀퉁이가 해진 손수건
체크무늬 재킷 한벌
낡은 가죽 가방과 몇권의 책
스푼과 포크
고치다 만 원고 뭉치
은테 안경과 초록색 안경집
침묵 한병
숲에서 주워온 나뭇잎 몇개

붕대에 남은 체취는 유리병에 밀봉되고
그를 이루던 모든 것이 〈서정시〉 속에 들어 있었을 것
이다

물론 그의 서정시들과 함께

그들은 이런 것조차 기록해두었을 것이다

화단에 심은 알뿌리가 무엇인지
다른 나라에서 온 편지가 몇통인지
숲에서 지빠귀와 어떤 대화를 나누었는지
옷자락에 잠든 나방 한마리를 어떻게 바라보았는지
하루에 물을 몇통이나 길었는지
재스민차를 누구와 마셨는지
도서관에서 어떤 책을 대출받았는지
강의 시간에 학생들과 어떤 말을 주고받았는지
저물 무렵 오솔길을 걷다가 왜 걸음을 멈추었는지
국경을 넘으며 어떤 표정을 지었는지

이 사랑의 나날 중에 대체 무엇이 불온하단 말인가

그들이 두려워한 것은
그가 사람의 마음을 열 수 있는 말을 가졌다는 것

마음의 뿌리를 돌보며 살았다는 것
자물쇠 고치는 노역에도
시 쓰는 일을 멈추지 않았다는 것

파일명 〈서정시〉에서 풀려난
서정시들은 이제 햇빛을 받으며 고요히 반짝인다

그의 생애를 견뎌온 문장들 사이로
한 사람이 걸어나온다, 맨발로, 그림자조차 걸치지 않고

---

* Deckname 〈Lyrik〉. 구동독 정보국이 시인 라이너 쿤쩨에 대해
  수집한 자료집.

새로운 배후

새로운 배후가 생겼다
그들은 전화선 속에서 숨죽여 듣고 있다가
이따금 지직거린다, 부주의하게도

그는 엿들으며 어떤 표정을 짓고 있을까?

어쩌면 그는 아주 선량한 얼굴을 지녔을지 모른다
절제된 표정과 어투를 지닌 공무원처럼
경험이 풍부한 외교관처럼
이삿짐센터 직원이나 택배 기사처럼
무심한 얼굴로 초인종을 눌렀는지도 모른다

문 뒤에 서 있는 투명인간들
주차장 입구에서 현관문 앞에서 복도와 계단에서
우연히 마주친 듯 지나는 낯선 얼굴들

개 한마리가
마악 내려놓은 쓰레기봉투를 킁킁거리다 사라진다

그러나 배후는 배후답게 정체를 드러내지 않는다

어느날 귓바퀴를 타고 들어와
잠복 중인 발소리

새로운 배후가 생긴 뒤로
한순간도 멈추지 않고 귀가 운다
피 흘린다
풀벌레들이 낮밤을 가리지 않고 운다
한겨울에도 운다
끈질기게 끈질기게 고막을 파고든다

쉬잇, 그들이 복도를 지나고 있다

늑대들

늑대들이 왔다

피냄새를 맡고
눈 위에 꽂힌 얼음칼 주변으로 모여들었다

얼음을 핥을수록 진동하는 피비린내
눈 위에 흩어지는 핏방울들

늑대의 혀는 맹렬하게 칼날을 핥는다
제 피인 줄도 모르고
감각을 잃은 혀는 더 맹목적으로 칼날을 핥는다
치명적인 죽음에 이를 때까지

먹는 것은 먹히는 것이라는 것도 모르고

저녁이 왔고
피에 굶주린 늑대들은 제 피를 바쳐 허기를 채웠다

늑대들은 더이상 울지 않는다

하이에나들

둠둠둠둠 둠둠둠둠

그들이 몰려온다
하이에나들이 누떼에 접근한다

둠둠둠둠 둠둠둠둠둠둠둠

누떼가 뿔뿔이 흩어지고
한쪽에 뒤처진 어린 누 한마리가 오늘의 먹잇감

도망치는 것은 무엇이든 문다
한번 입에 문 것은 절대 놓치지 않는다

누의 정강이와 성기를 물고 늘어지는 하이에나들

둠둠둠둠 둠둠둠둠둠둠둠둠둠둠

흙먼지 속에서 버둥거리던 누가 쓰러지고
정강이에는 피가 흐르고

둠둠둠둠 둠둠둠둠 둠둠둠둠둠둠둠둠둠둠둠

누가 끝내 잡아먹힌

어둠둠둠둠둠둠둠둠둠둠둠둠둠둠둠둠둠둠둠둠둠둠
둠둠둠둠둠둠둠둠둠둠둠둠둠둠둠둠둠둠둠둠둠둠둠
둠둠둠둠둠둠둠둠둠둠둠둠둠둠둠둠둠둠둠둠둠둠둠
둠둠둠둠둠둠둠둠둠둠둠둠둠둠둠둠둠둠둠둠둠둠둠
둠둠둠둠둠둠둠둠둠둠둠둠둠둠둠둠둠둠둠둠둠둠둠
둠둠둠둠둠둠둠둠둠둠둠둠둠둠둠둠둠둠둠둠둠둠둠
둠둠둠둠둠둠둠둠둠둠둠둠둠둠둠둠둠둠둠둠둠둠둠
둠둠둠둠둠둠둠둠둠둠둠둠둠둠둠둠둠둠둠둠둠둠둠
둠둠둠둠둠둠둠둠둠둠둠둠둠둠둠둠둠둠둠둠둠둠둠
둠둠둠둠둠둠둠둠둠둠둠둠둠둠둠둠둠둠둠둠둠둠둠
둠둠둠둠둠둠둠둠둠둠둠둠둠둠둠둠둠둠둠둠둠둠둠
둠둠둠둠둠둠둠둠둠둠둠둠둠둠둠둠둠둠둠둠둠둠둠
둠둠둠둠둠둠둠둠둠둠둠둠둠둠둠둠둠둠둠둠둠둠둠

라듐처럼

어떤 먼 것
어떤 낯선 것
어떤 무서운 것에 속한 아름다움

그것을 위해서는
더 많은 강물과 격랑이 필요하다

── 이곳은 수심이 깊어 위험하니 출입을 금합니다.

돌을 외투 주머니에 채우고
강물 속으로 걸어들어간 버지니아 울프처럼

말의 원석에서 떨어져내리는
글자들처럼

식탁 아래 떨어진 빵 부스러기를
끌고 가는 개미처럼

부스러기만으로 배가 부르다고 했던

가난한 가나안 여자처럼

허기 없는 영혼처럼
불꽃 없는 빛처럼

마담 뀌리가 처음으로 추출해낸
0.1그램의 라듐처럼

희고 빛나는 것들
그러나 검게 산화되기 쉬운 것들

종이감옥

그러니까 여기, 누구나 불을 끄고 켤 수 있는 이 방에서,
언제든 자유롭게 문을 잠그고 나갈 수 있는 이 방에서, 그
토록 오래 웅크리고 있었다니

묽어가는 피를 잉크로 충전하면서

책으로 가득 찬 벽들과
아슬아슬하게 쌓아놓은 서류 더미들 속에서
이 책에서 저 책으로 이 의자에서 저 의자로 옮겨다니며
종이 부스러기나 삼키며 살아왔다니

이 감옥은 안전하고 자유로워
방문객들은 감옥이라는 걸 알아차리지 못했지
간수조차 사라져버렸지 나를 유폐한 사실도 잊은 채

여기서 시는 점점 상형문자에 가까워져간다

입안에는 말 대신 흙이 버석거리고
종이에 박힌 활자들처럼

아무래도 제 발로 걸어나가기는 어려울 것 같다
썩어문드러지든지 말라비틀어지든지

벽돌집이 순식간에 벽돌무덤이 되는 것처럼
종이벽이 무너져내리고
어느날 잔해 속에서 발굴될 얼굴 하나

종이에서 시가 싹트리라 기다리지 마라

그러니까 오늘, 이 낡은 방에서, 하루에 겨우 삼십분 남
짓 해가 들어오는 이 방에서, 위태롭게 깜박이는 것이 형
광등만은 아니라는 걸 알게 되다니

나날들

나날들이 나달나달해졌다
끝까지 사람으로 남아 있자는 말을 들었다

축생도에 속한 존재들은
오늘도 우글거리다 우리로 돌아갔다
그 자리에는 무수한 비늘들과 털들이 흩어져 있다
잘린 줄 모르고 여전히 날름거리는 혓바닥도 몇 있다

―이봐, 난 하루하루를 간신히 버티고 있어.

―저는 매 순간 강해지고 있습니다.

―그 여자는 구제 불능이에요. 미쳤다고요.

―당신은 대체 그 말을 믿습니까?

―네가 죽든 내가 죽든 어디 끝까지 해보자구.

―어차피 엎질러진 물이잖아요?

─그렇다고 내가 널 용서한 건 아니야.

─아, 어지러워 죽겠어요.

달팽이관에서 흘러나온 돌들이 이리저리 굴러다닌다

절망은 길가의 돌보다 사소해졌다
아직 사람으로 남아 있느냐고 누군가 물었다

축생도의 우기가 너무 길다
축축한 빨랫감들이 내뿜는 냄새를 견딜 수 없다

좀처럼 마르지 않는 나날들이다

정직한 사람

그는 정직한 사람이다
거짓말을 하려면 상당한 노력이 필요하다

표정을 들키지 않기 위해
피가 묵처럼 굳을 때까지 기다려야 한다

매일 다른 얼굴이 주어지는 아침,
오늘의 얼굴은 어제의 얼굴을 기억하지 못하고

거짓말은 굳어갈수록
독기를 잃은 뱀의 말에 가까워진다

그는 정직한 사람이다
그러나 그는 거짓말의 중요성을 알고 있다
거짓말과 비밀의 차이도 알고 있다

깊은 슬픔이 어떻게
거짓말 없이 전달될 수 있을까

연민보다는 차라리 거짓말이 낫고
말의 순도보다는 말의 두께가 중요한 순간이 있으니
독기를 잃지 않으면 할 수 없는 말도 있으니

누구도 그것을 거짓말이라 단정할 수는 없다
확정된 진실조차 없기에

정직함이 불가능해진 세계에서
정직함에 대한 부정직한 이해만이 무성한 소문을 만들
어낼 뿐

그럼에도 불구하고 그는 정직한 사람이다

필사적으로 말을 더듬거리며
피가 묵처럼 굳을 때까지 기다리는 그는

붉은 텐트

들어오세요
이 붉은 텐트 속으로

여자들은 모두 여기 와서 피를 흘려요

한달에 한번씩
아니, 하루에도 몇번씩

피에 젖은 깃발처럼
상처 입은 새처럼 바람에 파닥거리는

붉은 텐트 속으로

바닥에 흩어진 딸기를 밟고 가는 사람들이여
이 설벅거리는 슬픔을 보세요

으깨진 살과 부르튼 입술로 노래하는 이여
입술을 둥글게 오므려보세요

노래는
숨결을 모아 소리의 화환을 만드는 것

귀를 틀어막고 지나는 사람들이여
이 노래를 들어보세요

싸이렌의 노래를

우리는 저마다 기울어지는 난파선이니
깜박이는 불빛으로 다른 난파선을 비추는 눈동자이니
가라앉는 손을 잡는 또 하나의 손이니

어서 들어오세요
우리의 피로 빚어진 붉은 텐트 속으로

Rhythm 0[*]

여기 72개의 사물이 놓여 있습니다.

장미, 향수, 빵, 와인, 깃털, 꿀, 가위, 못, 쇠막대, 외과용 수술칼, 권총, 총알 한 개, 채찍, 사슬, 바늘, 망치, 톱, 립스틱, 스카프, 거울, 유리잔, 카메라, 책, 머리핀……

이 사물들은 전적으로 당신에게 속해 있습니다.
위험을 감수하는 두려움과 고통만이 내게 속한 것입니다.

자아, 당신을 끌어당기는 사물이 있나요?
당신 속의 두려움과 욕망에 따라 무엇이든 선택하세요.
테이블 위의 사물들로 당신은 나에게 어떤 일이든 할 수 있습니다.
옷을 잘라낼 수도 있고 머리에 총을 겨눌 수도 있어요.
장미 가시로 나를 찌를 수도 있고 향수를 뿌릴 수도 있어요.
내 눈물을 닦아줄 수도 있고
내 유방을 만지거나 입을 맞출 수도 있고
다리 안쪽에 칼을 꽂거나 목에 상처를 내어 피를 마실

수도 있어요.

　나를 해치거나 죽인다 해도 어쩔 수 없어요.
　물론 한때라도 죽고 싶었거나 죽고 싶은 것은 아닙니다.

　다만, 시간은 정해져 있습니다.
　여섯시간 후 어떤 모습으로 있게 될지 궁금하군요.

　조각상처럼 숨죽인 육체 위로
　당신의 행위가 남긴 흔적, 그게 바로 나입니다.

　그래요, 나는 극단까지 가고 싶었습니다.
　우리는 얼마나 멀리 갈 수 있는지

　얼마나 뜨거워질 수 있는지
　얼마나 잔인해질 수 있는지
　얼마나 비참해질 수 있는지

　새벽 두시, 퍼포먼스는 끝나고
　나는 주술에서 풀려난 인형처럼 움직이기 시작합니다.

그 순간 모두가 도망치기 시작합니다.

어떤 종류의 리듬도 허락되지 않은 새벽에.

* 마리나 아브라모비츠의 퍼포먼스 작품.

제 2 부

눈동자들은, 다 어디로 갔습니까

괴테의 떡갈나무

그들은 수용소의 나무를 다 베어버렸다
괴테의 떡갈나무만 남겨두고

신의 숲에서 떡갈나무를 베어낸 죄로
연옥에 가는 것이 두려웠을까

생산적으로 파괴하라는 명령에도 불구하고
막사 옆에 남겨진 떡갈나무

오페레타의 박자에 맞춰 작업장으로 끌려가는 사람들
에게
공포와 허기에 젖은 그 눈동자들에게
괴테의 떡갈나무란 무엇인가

머리카락으로 싼 카펫 위에서
인피로 만든 전등갓 아래서 책을 읽는 사령관 아내에게
괴테의 떡갈나무란 무엇인가

차라리 저 나무를 베어다오

차라리 저 음악을 멈춰다오

차라리 저 책을 불태워다오

일찍이 신의 아들이라 칭송받던 떡갈나무여
어떤 나무의 운명도 이처럼 참혹하지는 않았으니
네 갈잎으로 두 눈을 가려다오

더 많은 빛을!

괴테가 남긴 마지막 말은
너무 많은 어둠에 대한 예언이 아니었을까

가라앉은 자와 구조된 자[*]

당신은 그곳을 세계의 항문이라고 불렀습니다

모든 악이 모여서 배출되는 곳
한번 들어가면 살아나올 수 없는 곳
이것이 인간인가, 되묻게 하는 곳
지금도 시커먼 괄약근이 헐떡거리는 곳

산더미처럼 쌓인 채 썩어가는
안경들, 신발들, 머리카락들, 두개골들,
썩지 않는 고통의 연료들

고통 속에서
더 큰 고통 속으로 걸어들어간 사람들

눈동자들은, 다 어디로 갔습니까
발들은, 얼굴들은, 다 어디로 갔습니까

살과 뼈와 피를 망각으로 밀어넣기 위해
오늘도 발전기는 돌아갑니다

그러나 어떤 기계로도
이 시퍼런 물을 다 퍼낼 수가 없습니다

짜디짠 유언들이 방파제에서 말라가고
밀려오는 파도는 매번 다른 착지선을 기록합니다

가라앉은 자와 구조된 자,
그러나 구조된 자 역시 구조된 것이 아니었습니다

아우슈비츠에서 살아남았지만
당신은 결국 가라앉은 자들에게로 돌아갔습니다

표류하는 기억과 악몽에 뒤척이다가
당신이 가라앉은 곳

우리는 그곳을 세계의 항문이라고 부르겠습니다

부표 하나가

대답할 수 없는 질문처럼 흔들리고 있습니다

가라앉은 자와 구조된 자 사이에서

일어나지 말았어야 할 일과
일어날 수밖에 없었던 일 사이에서

* 쁘리모 레비 『가라앉은 자와 구조된 자』, 이소영 옮김, 돌베개
  2014.

들린 발꿈치로

그들은 죽은 개를 묻듯 우리를 묻었습니다.
커다란 구덩이에, 시체 위에 시체를,
우리는 썩어가면서도 누군가의 등밖에 보지 못했습니다.

여기가 어디지요?
죽은 줄도 모르고 이따금 묻습니다.

우리는 사람도 여자도 될 수 없었습니다.
철조망 너머로 달맞이꽃이 피어도
달거리 동안 피를 흘려도
우리는 짐승들을 받고 또 받아야 했습니다.
인간이라는 짐승, 남자라는 짐승, 군인이라는 짐승,
그들은 죽은 개를 던지듯 우리를 함부로 내던졌습니다.

여기가 어디지요?
반쯤 썩어문드러진 입술로 묻습니다.

이렇게 있으면 안되는데, 하며 일어납니다.
죽은 줄도 모르고 길을 나섭니다.

들린 발꿈치로
한번도 온전히 제 땅을 밟고 서보지 못한 발꿈치로

여기가 어디지요?
우리가 흘린 피가 강물에 흥건하고
폐허가 된 참호에는 어린 병사들이 쓰러져 있습니다.

들린 발꿈치로 강을 건넙니다.
젖은 옷은 더이상 젖지 않습니다.
죽은 우리는 더이상 죽지 않습니다.

여기가 어디지요?
낯익은 능선과 돌담이 보이기 시작합니다.
그러나 고향집에는 아무도 없습니다.
들린 발꿈치로 동구에서 기다립니다,
아버지와 어머니가 나를 기다렸던 것처럼.

여기가 어디지요?

죽은 줄도 모르고 지나는 사람을 붙잡고 묻습니다.

어디선가 날아온 나비 한마리를
잃어버린 영혼인 듯 따라갑니다, 들린 발꿈치로.

난파된 교실

아이들은 수학여행 중이었다
교실에서처럼 선실에서도 가만히 앉아 있었다
가만히 있으라, 가만히 있으라,
그 말에 아이들은 시키는 대로 앉아 있었다
컨베이어벨트에서 조립을 기다리는
나사들처럼 부품들처럼
주황색 구명조끼를 서로 입혀주며 기다렸다
그것이 자본주의라는 공장의 유니폼이라는 것도 모르고
물로 된 감옥에서 입게 될 수의라는 것도 모르고
아이들은 끝까지 어른들의 말을 기다렸다
움직여라, 움직여라,
누군가 이 말을 해주었더라면
몇개의 문과 창문만 열어주었더라면
그 교실이 거대한 무덤이 되지는 않았을 것이다
아이들은 수학여행 중이었다
파도에 둥둥 떠다니는 이름표와 가방들,
산산조각 난 교실의 부유물들,
아이들에게는 저마다 아름다운 이름이 있었지만
배를 지키려는 자들에게는 한낱 무명의 목숨에 불과했다

그들이 침몰하는 배를 버리고 도망치는 순간까지도
몇만원짜리 승객이나 짐짝에 불과했다
아이들에게는 저마다 사랑하는 부모가 있었지만
싸늘한 시신을 안고 오열하는 것 말고는 아무것도 할 수
없었다
 햇빛도 닿지 않는 저 깊은 바닥에 잠겨 있으면서도
 끝까지 손을 풀지 않았던 아이들,
 구명조끼의 끈을 잡고 죽음의 공포를 견뎠던 아이들,
 아이들은 수학여행 중이었다
 죽음을 배우기 위해 떠난 길이 되고 말았다

지금도 교실에 갇힌 아이들이 있다
책상 밑에 의자 밑에 끼여 빠져나오지 못하는 다리와
유리창을 탕, 탕, 두드리는 손들,
그 유리창을 깰 도끼는 누구의 손에 들려 있는가

문턱 저편의 말

문턱을 넘지 못한 사람들이 있다
아직 돌아오지 못한 사람들이 있다

2015년 1월 27일, 열아홉살의 증인들이 법정에 앉아 있다

광주고등법원 법정 201호
해경 123정 정장 김경일 업무상과실치사상 재판

──증인은 당시 상황을 자세하게 말해주십시오.

증인 A: 아침 여덟시 오십칠······갑자기 배가······자판
기와 소파······쏟아지······복도 쪽으로······캐비
넷······구명조끼를 꺼내······친구들은······기다
리고······문자를 보냈······가만히 있어······우현
갑판 쪽······커튼을 찢어······루프······여학생
들······물이······바닷물이······탈출······아홉시
오십분······갑판 위로······헬기······해경······아
무도······아무도······

증인 B: 저……저, 저는……3층 안내데스크 근처……배
가 기우는……미끄러져……벽에 부딪쳤……피
가……매점에서……화상을 입은……좌현 갑
판……비상구……열려 있어……승무원들……
우리……대기하라고만……비상구……친구 셋
이……끝내……아홉시 사십오……물이……차
올랐……잠수를……4층 갑판 쪽으로……헬기
소리가……탈출 후에야……해경……와 있다는
걸……

── 증인은 마지막으로 할 말이 더 있습니까?

증인 B: 할 말……말이 있지만……그만……그래도……
할 말이……해야 할 말이……정신없이……살
아나오긴 했지만……우리 반에서……저 말고
는……아무도……구조되지 못했……친구들
도……살 수 있었을……아무도……저 말고는
아무도……

간신히 벌린 입술 사이로 빠져나온 말들이 있다
아직 빠져나오지 못한 말들이 있다

손가락 사이로 힘없이 흘러내리는 말. 모래 한줌의 말.
혀끝에서 맴돌다 삼켜지는 말. 귓속에서 웅웅거리다 사라
지는 말. 먹먹한 물속의 말. 해초와 물고기들의 말. 앞이 보
이지 않는 말. 암초에 부딪치는 순간 산산조각 난 말. 깨진
유리창의 말. 찢긴 커튼의 말. 모음과 자음이 뒤엉켜버린
말. 발음하는 데 아주 오래 걸리는 말. 더듬거리는 혀의 말.
기억을 품은 채 물의 창고에서 썩어가는 말. 고름이 흘러
내리는 말. 헬리콥터 소리 같은 말. 켜켜이 잘려나가는 말.
잘린 손과 발이 내지르는 말. 핏기가 가시지 않은 말. 시퍼
렇게 멍든 말. 눌린 가슴 위로 내리치는 말. 땅. 땅. 땅. 땅.
망치의 말. 뼛속 깊이 얼음이 박힌 말. 온몸에 전류가 흐르
는 말. 감전된 말. 화상 입은 말. 타다 남은 말. 재의 말.

그래도 문은 열어두어야 한다
입은 열어두어야 한다
아이들이 들어올 수 있도록 돌아올 수 있도록

바다 저 깊은 곳의 소리가 들릴 때까지
말의 문턱을 넘을 때까지

이 도시의 트럭들

돼지들은 이미 삶을 반납했다
움직일 공간이 없으면 움직일 생각도 사라지는지
분홍빛 살이 푸대자루처럼 포개져 있다

트럭에 실려가는 돼지들은
당신에게 어떤 기억을 불러일으키는가

짝짓기 직전 개들의 표정과
도살장으로 끌려가는 소들의 눈망울에서
당신은 어떤 비애를 읽어내는가
아니, 그 표정들은 당신에게 무엇을 요구하는가

이 도시의 트럭들은
너무 많이 싣고 너무 멀리 간다

엿가락처럼 휜 철근들과
케이지를 가득 채운 닭들과
위태롭게 쌓여 있는 양배추들과
금방이라도 굴러떨어질 것 같은 원목들을 싣고

트럭들은 무엇을 실었는지도 잊은 채 달린다

커브를 돌 때마다
휘청, 죽음 쪽으로 쏟아지려는 것들이 있다

헐거인간

이 도시의 지하는 생각보다 깊어요
뿌리들이 나무를 지탱하듯
빌딩들이 버틸 수 있는 건 지하세계 덕분이지요

몇 그램의 절망이
일용할 양식이 되는 곳

어두운 계단과 구멍들 사이로
기적처럼 한줄기 바람이 불어오는 곳

산소 없이 살 수 없지만
너무 많은 산소에도 견디지 못하는 우리는
썩은 공기로 숨 쉬는 법을 배웠어요

인간이라는 비루한 감옥에 갇혀 살기는
지상이나 지하나 마찬가지,
물론 지하세계에도 시장과 학교와 교회가 있어요

우리는 투명인간처럼 살지만

그렇다고 빛이 필요하지 않은 건 아니에요

이 세계에서는
전구들이 태양을 대신하지요
빛의 찌꺼기들은 모두 여기로 흘러들어요

아직은 쓸 만한 전구들이
거대한 그림자를 만들어내는 방

우리에겐 더 깊고 투명한 집이 필요해요
검은 흙 속으로 끝없이 뻗어가는 흰 뿌리들처럼

지상으로 난 환기구에 풀들이 자라기 시작했어요
누군가 말을 걸어오는 것 같아요

우리는 흙 묻은 밥을 먹었다

한끼의 밥이 완성되려면…… 물이 나와야 하고 (오늘 오후부터), 전기가 들어와야 하며, 깨진 그릇들 속에서 성한 걸 찾아 씻어놓아야 한다. 지금 이 밥이 완성될 때까지 모두 세차례의 지진이 있었다. 끝내 마지막 지진을 피해 식탁 밑으로…… 그렇게 해서 만들어진 밥이다.

그런데…… 물도 전기도 집도 없이 피난소에서 한줌의 주먹밥과 한모금의 물로 연명할 이들을 생각하니…… 미안한 마음이 앞선다…… 내일은 학교 대피소엘 들러봐야겠다.*

쌀밥 한그릇이 놓여 있다

나는 알지 못한다
그 밥을 먹는 동안에도 또다른 지진이 있었는지
부서진 흙이 밥 위에 떨어져내렸는지
그릇들은 다시 쟁강거리고
책장에서 남은 책들이 쏟아져내렸는지
벽시계가 곤두박질치며 시곗바늘이 멈추어버렸는지

나는 알지 못한다
그 흔들리는 나날 밖에서 희미한 파동을 느낄 뿐

밥그릇을 들고 있는 이여
쌀과 밥 사이의 까마득한 거리를 알고 있는 이여

나도 오늘은 흙 묻은 밥을 먹는다

집 앞에 내놓은 깨진 기왓장과 벽돌들을
아무도 수거해가지 않는다
머지않아 또다른 벽과 담장이 그것을 덮칠 것이기에

뿌리 뽑힌 나무들, 이파리마다 흙이 묻어 있다

부서져내리는 흙에는 국경이 없다
이 흙 묻은 밥에도

* 1연은 일본 구마모토현에 사는 신명직 교수가 지진을 겪으며 페
  이스북에 올린 글.

미래의 구름

플루토늄, 요오드, 세슘, 스트론튬……
구름은 이제 이런 원소들로 만들어집니다.
구름 가득한 미래가 우리를 기다리고 있어도 어쩔 수
없습니다.

클라우드의 세계에 오신 걸 환영합니다.
구름의자에 앉아보십시오.
당신은 비행기 대신 구름을 타고 여행하게 될 것입니다.
나일론 섬유로 만들어진 구름은
당신을 아주 멀리 데려다줄 것입니다.
다만, 목적지와 방향과 속력을 정할 수는 없습니다.
그건 오로지 바람에 달려 있으니까요.
우리의 운명을 우리도 어찌할 수 없게 되었습니다.
다행히 북서풍이 불고 있습니다.

오늘 아침 여덟시 방사능 수치는 1.67마이크로시버트,
어제 저녁보다는 조금 떨어졌습니다.
하지만 바람의 방향이 바뀌면 다시 어떻게 될지 알 수
없습니다.

재앙은 전깃줄을 따라 퍼져가고
소문은 가스관, 상하수도관, 지하도마다 창궐합니다.
기형아가 태어나고
네모난 해바라기꽃이 피어나고
머리가 둘 달린 돌고래가 해변으로 떠밀려오고
그래도 LED 불빛 아래 채소들은 초록빛을 잃지 않았습
니다.

거대한 구름기둥,
저 구름의 제조권은 누가 갖고 있습니까?

새를 심다

공중에 새를 심었다

이제 하늘 밖으로 날아갈 수 없는 새들은
바람에 흔들리는 모종처럼
작고 가벼운 날개를 파닥거린다

날아도 날아도 그 자리

하루에도 수십번씩 좋아요!를 누르고
리트윗한 문장을 리트윗하고
윗, 윗, 윗, 윗, 알 수 없는 우리와 함께 나아가고
누가 나를 언팔 했는지 짬짬이 살피고
한시도 쉬지 않고 지저귀는 그들 속에서 함께 지저귀며

3억 9천9백만마리의 새들은 트윗을 날린다
공중에 심긴 줄도 모르고
국경을 넘어
시차와 밤낮을 가리지 않고

예기치 않은 때에 날아오는 메시지들
순식간에 퍼지는 루머들
누군가 퍼나르는 시나 소설의 토막 난 문장들

일용할 양식을 낟알처럼 쪼아대며
새들은
140자 안에서 허락된 자유를 누리고
단문을 점점 좋아하게 되고
공백과 기호들을 풍성하게 사용할 줄 알게 되지

새들은 오늘도
윗, 윗, 윗, 윗, 트윗, 트윗, 트윗,
지상의 작은 방앗간에서

아누가 하늘을 만든 후

치통을 낫게 하는 아시리아의 주문은 이렇게 시작된다.

아누가 하늘을 만든 후
하늘이 대지를 만들고
대지가 강을 만들고
강이 연못을 만들고
연못이 벌레를 만들었다

이렇게 태어난 벌레는 신에게 가서 먹을 것을, 파괴할
것을 달라고 했다. 신은 벌레에게 과일을 주었지만 벌레는
인간의 치아를 달라고 했다. 아누가 하늘을 만든 후 얼마
나 많은 벌레가 연못에서 태어났을까.

이제 인간은 치통을 달래기 위해 더이상 주문을 외우지
않는다. 신 대신 의사를 길러낼 학교를 세우고 벌레를 퇴
치할 병원을 지었다. 약품과 물자를 나르기 위해 자동차를
만들었고, 커다란 배와 비행기를 발명했다. 그에 따라 대
형선박의 난파와 비행기의 참사가 발명되었다. 아누가 하
늘을 만든 후 얼마나 많은 비행기가 공중에서 사라졌을까.

아누가 하늘을 만든 후
하늘이 비행기를 삼키고
비행기가 인간을 삼키고
인간이 화염을 삼키고
화염은 하늘을 삼켰다

다리를 건너는 다리들

오십년은 저렇게 엎드려 있었을 것이다
명상에 잠긴 듯한 자세로
강 이편과 저편에 다리를 걸치고
다리는 수많은 다리들을 건네주었을 것이다

움직이지 않는 다리와
다리를 건너는 다리들

다리들은 대체로 건너는 일에만 몰두한다
이따금 오래 서 있다가 물로 뛰어드는 다리도 있지만
그것이 우울한 조명 때문인지는 알 수 없다
야간 조명이 자살률에 미치는 영향에 관해서는
보고서가 아직 완성되지 않았다

조명보다 다리 자체를 바꾸어야 한다는 사람들은
늘어난 통행량이나 물류량을 들기도 한다
새 다리의 필요성을 증명하기 위해
용역업체 직원은 다리 입구에서 종일 통계를 낸다
일일 평균 통행자 수나 선박 통과 현황은

다리의 운명을 결정하는 데 중요한 요소가 될 것이다
수요 예측을 위해 줄거나 부풀려지는 숫자들,
통계다운 불확실성에 힘입어
머지않아 새로운 다리가 들어설 것이다

우울해 보이지 않는 조명을 달고
더 많은 다리들에게
더 넓은 등을 내줄 다리가 완성될 것이다

다리들은 건너는 일에만 더욱 몰두할 것이고
낡은 다리는 두 다리를 거두지 못한 채 늙어갈 것이다

현대식 교량을 건널 때마다 회고주의자가 된다고* 했던
시인처럼

* 김수영 「현대식 교량」.

어떤 분류법

프라이부르크대학 총장이 된 하이데거는 나치스에 입당했지만, 일년도 되지 않아 사표를 낼 수밖에 없었다. 후임 총장은 당과 협의해 교수를 세가지 유형으로 분류했다.

전혀 불필요한 교수
반쯤 불필요한 교수
필요 불가결한 교수

물론 하이데거는 전혀 불필요한 교수로 분류되었다. 1944년 11월 그는 국민돌격대에 소집되었다. 독일이 패전하고 프라이부르크에 프랑스 점령군이 들어왔을 때, 나치 정화위원회는 그의 교수직을 박탈했다. 그의 집과 책들 역시 압수되었다. 프랑스 군정은 나치에 대한 하이데거의 행적을 '당에 복종하지 않는 형태로 동참했다'고 결론 내렸다.

전혀 불필요한 교수
반쯤 불필요한 교수
필요 불가결한 교수

요즘 대학에서도 이 분류법은 유효하다. 나치스 대신 자본주의라는 장갑을 낀 손으로 교수를 감별해낸다. 필요성보다는 불필요성을 가려내기 위한 분류법. 권력과 자본의 논리에 복종하지 않으면 하루아침에 전혀 불필요한 교수로 분류된다. 책상이 사라지고 연구실이 사라지고 학과가 사라지고 단과대학이 사라지는 것도 종이 한장으로 가능하다. 그들이 그린 조직도 속에서, 그들이 정한 분류법 속에서

　K는 하루하루 진화하고 있다
　반쯤 불필요한 교수에서 전혀 불필요한 교수로

* 박찬국 『들길의 사상가, 하이데거』, 그린비 2013 참조.

마크 로스코

적갈색 위에 옅은 빨간색이 스며들 때
적갈색 위에 검은색이 번져갈 때

면은 또 하나의 면을 향해 나아간다
안간힘으로
색이 색을 찢고 나오고
색면들 사이로
불에 타버린 입술은 무어라 달싹거리고

마음을 소등한 자에게만 보이는
희미한 빛은
끝내 비밀을 누설하지 않는다

적갈색에게로 가는 검은색,
그가 죽음을 향해 스스로 걸어들어갈 수밖에 없었던 이
유를

벽이 간신히 못을 삼키듯

검은색 위에 더 짙은 검은색이 내려앉을 때
검은색이 비로소 한줄기 빛이 될 때

제 3 부

주름들

나평강 약전(略傳)

그는 얼마간의 가축을 키웠다

병아리들을 부화시켜 마당에 놓아먹였고
입덧이 심한 아내를 위해
얼룩염소 한마리를 사다가 젖을 짜 먹였다

염소가 언덕에서 풀을 뜯을 때
가만히 앉아 무슨 생각인가를 하염없이 하는 사람이었다

염소가 풀을 다 뜯은 후에도
멀리서 들려오는 피리 소리에 귀 기울이는 사람이었다

언덕의 풀처럼 나지막하고 바람에 잘 쓸리는 사람이었다

닭 키우는 걸 좋아했지만
죽은 닭은 잘 만지지 못하는 사람이었다

갓 난 달걀과
마악 짜낸 염소젖,

생전에 그가 식구들에게 건네준 전부였다

그보다 따뜻한 것을 알지 못한다

숨은 숨

그는 사라진 것이 아니다
숨은 것이다
잦아들던 숨소리와 함께

숨은 숨이다

입속에 남은 한마디 끝내 못한 채
물숨을 삼켜버린 해녀처럼
병실의 공기란 공기는 다 빨아들여 몸에 가두었다

입술이 닫히고
혀가 싸늘하게 굳어가고

숨도 숨통도 숨결도 숨소리도 차디찬 입술에 얼어붙었다

세상에서 가장 완강한 문이 있다면
저 입술

숨은 얼마나 깊이 숨어버린 것일까

어디서 시작되어 어디서 끝나는 것일까

그는 사라진 것이 아니다
다만 아주 먼 곳으로

숨은 숨이여
숨은 신보다 더 아득한 숨이여

단식광대에게

당신은 단식을 일종의 예술이라고 생각하나요?
당신의 무위는 누구를 위한 것입니까?

아무것도 먹지 않는 것
아무 일도 하지 않는 것
아무 말도 하지 않는 것

당신은 도망치고 있습니까?

삶으로부터
식어가는 밥알과
미역국의 마늘냄새로부터
링거액과 주삿바늘과 약봉지로부터
사랑하는 피붙이들과
호기심에 찬 눈동자들로부터
동전들과 지폐들로부터
즐겨 부르던 노래와
끝내 하지 못한 말로부터
어슬렁거리는 개들과

광장으로 몰려가는 사람들로부터
떠도는 비눗방울들로부터
꽃병에서 시들어가는 몇송이 꽃들로부터

도망자 야곱처럼
피난민으로 소년병으로 탈영병으로 필경사로 실업자로
도망치고 도망치고 도망치고 도망치고 도망치다 마침내
도망자의 삶을 완성하려는 당신

당신은 삶이 예술이 되는 순간을 정말 알고 있습니까?
단식은 당신이 택한 마지막 도망의 형식입니까?

그 출구가 당신 눈에는 보입니까?

자기만의 틀니에 이르기까지

아버지, 당신의 틀니가
결국 당신보다 오래 살아남았어요

스물여덟개의 이빨은
세상에서 가장 고통스러운 캐스터네츠

그러나 무언가 씹을 때 들려오는 음악은
살아 있다는 증거이기도 했지요

이제 당신은 자유로워지셨군요
헌 입천장과 잇몸을 짓누르던 재갈로부터
입속에 절벅거리던 침으로부터
누대에 걸쳐 이어져온 저작(詛嚼)의 노동으로부터
윗니와 아랫니로 직조한 삶의 태피스트리로부터

어느날 당신이 음식을 거부하기 시작했을 때
컵 속의 물에 잠긴 틀니는
제 소명을 다한 듯 고요해졌습니다

한자루의 초가 다 탄 뒤에
한 사람의 생이 다 지나간 뒤에
마침내 살과 밀랍이 녹아내린 자리에

빈 눈동자처럼 남아 있는
틀니와 촛대

당신을 가만히 내려놓은 틀니,
그 피 흘리지 않는 잇몸과 닳지 않는 이빨들은 말합니다

살아 있는 자,
씹고 씹고 또 씹어야 한다 씹어 삼켜야만 한다
자기만의 틀니에 이르기까지

어떤 피에타

한개의 씨앗에서
삶과 죽음은 두개의 떡잎처럼 돋아났다

내가 생일을 맞이한 날에
아버지의 죽음은 무럭무럭 자라나 심연을 완성했다

아버지가 받아 안았던 딸이
중년이 되어 아버지의 시신을 받아 안은 그날에

한 열매가 대지로 돌아간 그날에

씨앗의 심연이여,
이것은 어떤 피에타인가

슬픈 모유[*]

엄마라는 타인의 고통 속에서
나는 태어났어요
감자 덩굴에 매달린 작은 감자알처럼

노래로 치욕을 견뎌낸 여인,
그녀가 낳은 핏덩이는
세상에 던져진 채 간신히 살아남았지요

슬픈 모유를 먹으며 자라는 동안
나의 심장소리는 점점
엄마의 심장소리를 닮아갔어요

거리에 떠도는 영혼에게 잡혀갈까봐
벽 쪽으로 꼭 붙어서 걷고
두려울 때는 아무도 모르게 노래를 불러요

상처 입은 비둘기의 울음처럼
먼 고향의 파도소리처럼

노랫소리에 조금씩 벽이 열리고 문이 열리고
이젠 혼자서 밤길을 걸을 수 있어요
나는 더이상 영혼 없이 태어난 아이가 아니에요

내 몸에서는 매일 감자싹이 자라요
질 속에 박힌 감자에서
덩굴이 뻗어나와 나를 휘감아버릴 것 같아요

누구도 나를 범하지 못하도록 막아놓은
이 슬픔의 감자를
그만 내 몸에서 꺼내주세요

당신의 정원에는 꽃이 만발하지만
감자꽃은 왜 없나요
감자꽃으로는 왜 꽃다발을 만드는 사람이 없나요

오늘도 먼지와 잡담의 거리를 지나
집으로 돌아와요
마침내 노래를 멈춘 엄마 곁으로

엄마를 어디에 묻어야 하나요

고향까지는 너무 멀어요

바다가 사막에 젖을 물리고 있는 그곳까지는

* 페루 영화 〈The Milk of Sorrow〉, 끌라우디아 요사 감독.

주름들

이 해변에 이르러
그녀는 또 하나의 주름에 도착했다

셔터를 누르는 순간 그녀가 드디어 웃었다
죽은 남편을 잠시 잊은 채

이제 누구의 아내도 아닌
늙은 소녀

그녀의 주름 속에서 튀어오른 물고기들은 이내
익숙한 고통의 서식지로 돌아갔다

주름은 골짜기처럼 깊어
펼쳐들면 한 생애가 쏟아져나올 것 같았다

열렸다 닫힐 때마다
주름은 더 깊어지고 어두워지고
주름은 다른 주름을 따라 더 큰 주름을 만들고

밀려오는 파도 역시
바다의 무수한 주름일 것이니

기억이 끼어들 때마다
화음은 불협화음에 가까워지고
그 비명을 끌어안으며 새로운 화음이 만들어졌다

파도소리처럼
오늘 그녀가 도착한 또 하나의 주름처럼

천공(穿孔)

천공입니다,
의사는 건조한 어조로 말했다

그의 위장에 구멍을 뚫어버린 것은 무엇일까
낮밤을 가리지 않고 마셔대던 술일까
실패한 자의 절망감일까
유전적으로 취약한 장기 탓일까
아니면 단순히 운이 나빠서였을까

의사는 내시경 사진을 보여주며 구멍의 위치를 설명했다

위장과 십이지장이 연결된 곳이라
앞으로도 조심하셔야 합니다

그러니까 절망이 낡은 위벽을 뻥 뚫어버린 곳이
여기란 말이지,
피가 끝도 없이 쏟아져내린 곳이
이 작은 구멍이란 말이지, 그녀는 중얼거렸다

그가 자신의 삶에 낸 천공을 바라보며 그녀는 깨달았다
누수는 이미 오래전에 시작되었음을

입을 벌린 절망의 아가리,
그 어둠은 무엇으로도 봉합될 수 없다는 것을

금환일식

몇번의 일식이 지나고
몇개의 검은 구멍이 분화구처럼 남았다
빛이 희박해진 것은 그래서였다

이십년이라는 시간이
몇번의 일식과도 같은 것이라니

그녀는 자신의 삶을
부드러운 월식에 빗대고자 했으나
아주 격렬한 일식이 되어버렸다고 생각했다

현동(玄冬)의 나날 속에서도 웃고 있는 얼굴,
그녀는 인생의 한 계절이
사라졌을 뿐이라고 믿고 싶었는지 모른다

서랍에 처박혀 있는 반지는
빛을 잃은 지 오래

흑과 백이 선명한 사건,

검은 해 둘레에서 뿜어져나오는 광선,
그 둥근 빛을 누군가는 금환이라고 불렀다
시간이 건네준 반지였다

다행이다, 다음 금환일식은 백오십구년 뒤에나 찾아온
다고 한다

기슭에 다다른 당신은

당신은 그러지 말았어야 했다
막다른 기슭에서라도 그러지 말았어야 했다

무언가 끝나가고 있다고 느낄 때
산이나 개울이나 강이나 밭이나 수풀이나 섬에
다른 물과 흙이 섞여들기 시작할 때

당신은
기슭에 다다른 당신은
발을 멈추고 구름에게라도 물었어야 했다
산을 내려오는 산에게
길을 잃고 머뭇거리는 길에게 물었어야 했다

물결에 몸이 무작정 젖어드는 그곳을
우리는 기슭이라고 부르지

신이나 짐승과 마주치곤 하는 산기슭
포클레인이 모래를 퍼올리는 강기슭
풀벌레 날아다니는 수풀기슭

기슭이라는 말에는 물기나 소리 같은 게 맺혀 있어

사람과 사람이 만나서 생겨난 비탈 끝에는
어떤 기슭이 기다리고 있는지

빛이 더이상 빛을 비추지 못하게 되었을 때
마지막 돌부리에 걸려 넘어졌을 때

그래도 당신은 그러지 말았어야 했다
모든 무서움의 시작 앞에 눈을 감지는 말았어야 했다

여기서는 잠시

난 여기가 맘에 드는구나
삶의 오물통과 마주하기 좋은 곳이야

금지된 열매들이 지천으로 널려 있고
불가능한 것의 가능성이 보이는 것 같구나

죽어가는 존재들도
여기서는 잠시 숨을 돌릴 수 있지

건기에 물이 다 말라도
잠베지강의 폐어가 폐로 숨을 쉬며
몇달을 진흙 속에서 살듯이

네 생각보다 남은 숨이 길다는 걸 명심해라
어찌 되었든 숨을 쉰다는 게 중요해

불을 지펴볼까
불쏘시개가 될 만한 낙엽들을 가져오렴
마른 싸릿가지나 덤불도 좋다

난 여기가 맘에 드는구나
삶의 누더기를 말리기 좋은 곳이야

남아 있는 것들로 차린 음식과
마른 우물에서 퍼온 물로
아직 몇끼니는 견딜 수 있을 것 같구나

죽어가는 존재들도
여기서는 잠시 숨을 돌릴 수 있지

불씨가 남아 있는 동안에는

마지막 산책

우리는 매화나무들에게로 다가갔다
이쪽은 거의 피지 않았네,
그녀는 응달의 꽃을 안타까워했다
자신의 삶을 바라보듯
입 다문 꽃망울 앞에 한참을 서 있었다
땅은 비에 젖어 있었고
우리는 몇번이나 휘청거리며 병실로 돌아왔다
통증이 그녀를 잠시 놓아줄 때
꽃무늬 침대 시트를 꽃밭이라 여기며
우리는 소풍 온 것처럼 차를 마시고 빵 조각을 떼었다
오후에는 소리 내어 책을 읽으며
문장들 속으로 난 숲길을 함께 서성이기도 했다
그러다가도 죽음,이라는 말 근처에서
마음은 발걸음을 멈추곤 했다
피지 않은 꽃에 대해 말한다는 것은
한번도 가보지 않은 곳에 대해 말한다는 것은
침묵에 기대지 않고는 어려운 일이기에
입술도 가만히 그 말의 그림자가 지나가기를 기다렸다

응달의 꽃은 지금쯤 피었을까,
그러나 우리는 다시 산책을 나가지 못했다

시간의 들판에서 길을 잃었는지
그녀는 돌아오지 않는다
아니, 길을 잃은 것은 나인지도 모른다
그녀의 발소리를 더이상 듣지 못하게 되었으니까

질량 보존의 법칙

그의 시신을 태운 뼛가루는
정확하게 두 팔의 무게만큼 부족했다

평생 두 팔 없이 살았던 고통의 무게만큼

질량 보존의 법칙은
마지막 장소에서도 어김없이 지켜졌다

아직 온기가 남아 있는 뼛가루

고통 속에서도
더럽혀지지 않은 것이 있다면
불꽃 속에서도
사라지지 않은 것이 있다면
이 작은 함에 고스란히 담겨 있을 것이다

신으로부터는 너무 멀고
불행으로부터는 너무 가까웠던 사람

먼지 속에서 태어나
먼지로 돌아간 그를 위해
울어주는 사람은 많지 않았다

누군가의 눈물이 뼛가루를 적셨고
그가 살지 못한 날의 햇빛이 잠시 내려앉았다

저울의 바늘이 조금 움직였다

그는 당신이 모시떡을 내밀었을 때
그것을 받아들 두 손이 없었던 사람일지도 모른다

제 4 부

하느님은 부사를 좋아하신다

하느님은 부사를 좋아하신다[*]

'쓰다'라는 동사의 맛이 항상 쓴 것은 아닙니다
'보다'라는 동사는 때로 조사나 부사가 되기도 합니다

'너무'라는 부사를 너무 좋아하지는 마세요
'빨리'라는 부사도 조심하세요
'항상'이라는 부사야말로 항상 주의해야 할 물건이지요
하느님이 부사를 좋아하시는 건 사실이지만요

양치기가 사제보다 더 숭고할 수 있는 건
바로 부사 때문이에요
양치기가 어떻게 양들을 불러 모았는지
그때 눈빛은 어땠는지
목소리는 얼마나 다정했는지
해 질 무렵 어둠은 얼마나 천천히 다가왔는지
양들이 한마리도 빠짐없이 돌아왔는지
돌아오는 길에 데이지가 얼마나 많이 피어 있었는지
부사로 이루어진 그런 순간들 말이에요

부사는 희미한 그림자 같아서

부사 곁에서는 마음도 발소리를 낮춘답니다

'천천히'라는 부사는 얼마나 천천히 어두워지는지요
'처음'이나 '그저'라는 부사 뒤에서 망설이는 동사들을
보세요
동사들이 침묵하는 건 부사들 때문이에요
그러니 부사를 발음하기 전에는 오래오래 생각하세요

그런데 하느님, 부사를 좋아하시는 당신은 정작
내 속에서 길을 잃으셨군요

* 찰스 테일러 『자아의 원천들』, 권기돈·하주영 옮김, 새물결 2015,
  421면.

산책은 길어지고

그의 왼손이 그녀의 오른손과 스치고
그녀의 그림자가 그의 그림자와 겹쳐질 때

그들은 서로에게
낯선 사람 이상의 존재가 되었다

산책은 길어지고
둘 사이에 끼어든 두려움은 쉽게 가라앉지 않았다

나란히 걷는 것은
아주 섬세한 행위랍니다
너무 앞서지도 너무 뒤서지도 않게
거리와 보폭을 조절해야 하지요

그러나 그들은 알고 있다
모든 걸음은 어눌할 수밖에 없다는 것을
절뚝거릴 수밖에 없다는 것을

흰 실과 검은 실을 구분할 수 없는 시간이 오면

그때야 서로를 알아보게 될까

산책은 길어지고
흩어진 발자국들은 말을 아끼고
어둠은 남은 발자국들을 다 지우지는 못하고

저녁의 문답

―지금 마음속에는 무엇이 들어 있습니까?
―싹 난 지팡이를 든 사람들.

―그 사람들을 어떻게 해야 합니까?
―기다려야 합니다, 지팡이를 내려놓을 때까지.

―저기 걸어오는 사람은 누구입니까?
―그에게는 얼굴이 없습니다.

―저녁에 길어지는 건 무엇입니까?
―그림자.

―녹슨 선로 끝에는 누가 기다리고 있습니까?
―어둠 또는 안개.

―이 오르막길은 언제나 끝이 납니까?
―죽어야 끝납니다.

―비둘기와 뱀 중 무엇을 선택하는 것이 좋습니까?

─진실은 비둘기와 뱀 사이에 있습니다.

─이 불가능한 자음들은 어떻게 발음해야 합니까?
─모음을 침처럼 섞으면 됩니다.

─그런데 당신은 무엇을 들고 있습니까?
─싹 난 지팡이.

─그 지팡이를 언제까지 들고 있을 것입니까?
─더이상 싹이 나지 않을 때까지.

남겨진 것들

올빼미가 토해낸 펠릿에는
소화 안된 털과 뼈들이 뭉쳐 있다지

밤에 먹어치운 먹이 중에는
분해될 수 없는 것들이 많았을 테니까
철사나 전선처럼 질긴 것들도 있었을 테니까

오랫동안 뭉쳐진 기억들은 점점
희고 길어진다

이미 나뭇가지의 일부가 된 마른 고치처럼

나비가 날아간 후에도
꽃이 시든 후에도
올빼미도, 그도, 사라진 지 오래인 지금에도, 저렇게,

낡은 이불 홑청 사이로 삐져나온
희고 긴 솜뭉치처럼

향인(香印)

북경의 시계골목에서 향인을 찾아다녔다.
19세기까지 그 향시계를 썼다는 기록이 있지만
저잣거리 어디에도 이를 아는 이가 없었다.

문자의 본이 새겨진 틀에 향가루를 넣어 태우면
향이 타들어가면서 글자 모양이 나타난다는 시계.

예컨대 재로 된 문장 하나.

"내가 나의 꽃들을 얻기 전에 얼마나 많은 생명이."*

타고 남은 재로 시간을 재는 시계라니!
향이 타들어가는 동안 서서히 모습을 드러내는 시간이
라니!

날이 저물도록 향인을 찾아 헤매다가
문득 떠오른 기억 하나.

어릴 적 예배당에 앉아 있는 동안

옷핀으로 마룻장 틈을 긁어 일으키던 먼지와 보푸라기
의 시간.
시간의 재처럼 드러나던 마룻장 저편의 어둠.

그 먼지와 보푸라기의 시간을 일으켜 나는 어디로 가려
했을까.

어둠의 광맥은 점점 깊어져
그후로 슬픔의 시를 내다 파는 것이 내 일이 되었다.

마룻장이 아니라 내 속의 어둠을 향해
깊게, 더 깊게, 언어의 곡괭이를 박아 넣어야 했다.

"내가 나의 꽃들을 얻기 전에 얼마나 많은 생명이."

이따금 향기로운 문장 앞에 숨을 멈추고
마지막 재와 먼지와 보푸라기로 쓸 문장을 생각한다.

향인(香印).

향기와 재가 되어 사라진 시계.

* 한병철 『시간의 향기』, 김태환 옮김, 문학과지성사 2013, 95면.

앵무조개

앵무새의 부리를 닮은
앵무조개
새의 성정을 타고나 바닷속에서 살아가는
앵무조개
한번도 짠물을 벗어나지 못한
앵무조개
그러나 모래에 처박혀서는 살 수 없는
앵무조개
날개도 빨판도 없이 물결에 둥둥 떠다니는
앵무조개
구십개의 촉수로 먹이를 찾는
앵무조개
위험할 때는 어룽거리는 물그림자에 몸을 숨기는
앵무조개
나선형의 껍데기 속에 격벽의 방들을 만드는
앵무조개
작은 방들에 신선한 공기를 채우는
앵무조개
방 속에 하늘을 품은

앵무조개
언제라도 날아갈 준비가 되어 있는
앵무조개
그러나 끝내 날아가지 못하는
앵무조개
매달고 다니는 껍데기에 알을 부화하는
앵무조개
새끼들이 다 자라고 나면 혼자서 길 떠나는
앵무조개

Argo, 그리스에서 최초로 만들어진 배 이름

신성한 말을 할 수 있었던
앵무조개

인간의 말 따위는 받아먹지 않아도 되는

나이-톰보-톰보*

나이-톰보-톰보,
세계 너머에 대한 상상이 시작되는 곳

나이-톰보-톰보, 그곳은 바닷가에 있지
거룩한 산에 다다른 영혼이 뛰어내리는 바위,
바다에 옛 노래가 울려퍼지면
그제야 죽음이 임한 걸 알게 된다지

나이-톰보-톰보, 그곳은 사막에 있지
알타이족은 영혼이 사막을 건너간다고 믿었지
사막에 옛 노래가 울려퍼지면
그제야 죽음이 임한 걸 알게 된다지

나이-톰보-톰보, 그곳은 마루에 있지
인도 소라족은 망자의 영혼이
마룻바닥을 통해 지하세계로 내려간다고 믿었지
그 영혼을 도우려고 뿔고둥을 함께 불었지

나이-톰보-톰보, 그곳은 벌판에 있지

시베리아에서는 야생 순록 가죽으로 된 북을 쳤다지
추운 벌판을 건너는 영혼에게는
야생 순록처럼 튼튼한 안내자가 필요하니까

나이-톰보-톰보, 그곳은 숲에 있지
부시먼족의 영혼은 기린을 따라갔다지
울창한 숲을 통과하려면
목이 길고 참을성 있는 안내자가 필요하니까

나이-톰보-톰보,
노래만이 따라갈 수 있는 곳

* Nai-thombo-thombo. 피지섬의 성산(聖山) 나우카바드라에 있
  는 바위로, '뛰어내리는 곳'이라는 뜻.

마른 나뭇가지를 들고

숲길에서 우연히 주워든
나뭇가지 하나

잎과 열매가 아직 남아 있는,
굽이치며 뻗어간 궤적과 부러진 흔적을 지닌,
이 나뭇가지는 어디서 왔을까

혹시 몰라,
우주목에서 떨어져내린 가지일지도

그걸 주워 북을 만들면 평생 노래를 부르며 살게 된다지

북을 만들 수는 없어도
어떤 노랫소리가 흘러나오는 것 같아
숲길에 서서 귀를 기울인다

마른 나뭇가지를 들고
마른 나뭇가지를 들고

노래의 힘으로 죽음의 사막을 건넜던
알타이 샤먼들처럼

새를 삼킨 것 같은,
새를 따라 날아오를 것 같은, 이 느낌은

대각선의 종족

대각선의 종족은 대체로 이런 것들이지

높은 담에서 뛰어내리는 고양이는
대각선을 날렵하게 완성하고
급브레이크 자국은
휘어진 대각선이 있음을 알게 하네
벽에 기대놓은 사다리는
대각선이 잠시 쉬고 있는 것처럼 보이고
구릉과 산비탈은
완만한 대각선이 되어가는 중이네
사람의 벌거벗은 몸에도
산맥과 구릉, 그리고 깊은 골짜기가 있지
대각선으로 뻗어 올린 다리와
수직을 지탱한 다리의 각도는 위태롭고
머리를 감싸쥔 팔과
공중으로 뻗은 팔 사이에는
빛이 대각선으로 쏟아져내리네
새들은 나뭇가지 사이로
빠른 빗금을 치며 날아오르고

지붕의 기울기에 따라
빗물은 다른 속도로 흘러내리네
오늘은 바람이 꽤 강하게 부는 것 같군
바다로 불려가는 갈대들을 봐
무언가 잃지 않고서는 대각선이 될 수 없지
낙엽들은 나무를 잃고
나는 오래된 계곡 하나를 잃었지만
그렇다 해도 기억의 상류로 거슬러 올라가진 않겠어

다만 비스듬히, 비스듬히, 말하는 법을 배울 거야
후드득 떨어지는 빗방울과
길게 성호를 긋고 사라지는 별똥별에 대해
수많은 대각선의 날들, 날개들, 그림자들, 핏자국들에
대해
대각선의 종족이 남긴 유언들에 대해

대각선의 길이

안전해 보이는 사각형도
대각선 하나만 그으면 두쪽이 나지

한 변과 다른 변 사이에 생긴
또 하나의 빗변,
아이는 열심히 대각선의 길이를 구하고 있고
너는 대각선으로 보이는 곳에 서 있고

내가 빗금처럼 달려갈 수 있는 것은
우리가 이웃하지 않은 두개의 점이기 때문

―한 변의 길이와 다른 변의 길이는 반드시
같지 않을 수도 있습니다.
그러나 마주 보는 변의 길이는 아직도 같습니까?

한 점에서 다른 한 점으로 내리긋는 동안

어디론가 불려가는 것들
불려가면서 다른 존재를 불러오는 것들

종종걸음으로
수평선과 수직선을 가로질러 아주 멀리 가는 것들
짧은 궤적을 남기며 사라지는 것들

수직선 위에 놓인 두 점 사이의 거리
주어진 점과 직선 사이의 거리
점 P와 점 Q의 좌표
기울기가 −3이고 점(−3, 10)을 지나는 직선의 y절편

아이가 대각선의 길이를 구한 뒤에도
너는 여전히 대각선으로 보이는 곳에 오래 서 있고

108그램

제조 시 무게 300그램
건조 시 무게 192그램

그는 108그램의 수분 또는
번뇌를 일찌감치 날려버리고
이토록 간결하고 견고한 형식에 도달했다

도무지 뉘우침 없는 표정으로

빨아야 할 것들에 대해
무엇으로도 빨 수 없는 것들에 대해
지방산, 수산화나트륨, 계면활성제에 대해
치대고 치대는 것만이 허락된 운명에 대해
푸석한 얼굴로 닳아갈 날들에 대해

192그램의 세탁비누는 아무 말이 없다

자신은 직육면체의 푸른 기름덩어리에 불과하다는
그런 표정으로

저렇게 마악 깨어난 눈빛으로
세상을 바라보던 때가 내게도 있었다

한 대야의 물속에 푸른 영혼을 처음 담그던 때가

서른세개의 동사들 사이에서

빛의 옥상에서
서른세개의 날개를 돌려라

오다 가다 오르다 내리다 흐르다 멈추다 녹다 얼다 타오
르다 꺼지다 보다 듣다 생각하다 말하다 삼키다 뱉다 잡다
놓다 울다 웃다 주다 받다 묻다 답하다 밀다 당기다 열다
닫다 떠오르다 가라앉다 부르다 사라지다 넘다

서른세개의 동사들 사이에서
하나의 파도가 밀려가고 또 하나의 파도가 밀려올 것이니
세상은 우리의 손끝에서 부서지고 다시 태어날 것이니

기다리지만 말고 서른세개의 노를 저어 찾아라
세계의 손끝에서 마악 태어난 당신을

죽음-주검-죽임, 폐허에서 부르는 노래

조재룡

왜 이런 일이 일어날까? 왜 매일매일의 고통
이, 우리가 이야기를 하는데 아무도 들어주지 않
는 장면으로 거듭해서 꿈으로 번역되는 걸까?

—쁘리모 레비[1]

온통 '죽음'으로 가득한 시집이 지금 우리 앞에 있다. 당
신이 연 페이지는 고통과 상처, 비극과 폭력으로 가득한
어떤 곳과 공간, 어떤 시간과 사건, 어떤 타자와 역사를 당
신에게 펼쳐 보일 것이며, 재난과 비극 속으로 들어가 그
곳을 고통스레 돌아 나온 자가 마지막으로 내쉬는 최후의

---

1) 쁘리모 레비 『이것이 인간인가』, 이현경 옮김, 돌베개, 2007, 89면.

숨결과도 같은 노래, 불가능을 실현한 언어를 내비칠 것이다. 자아를 비워내고, 소멸해가는 것들과 타자의 죽음을 받아내며 시인은 단정하기보다는 차라리 거칠고 서걱거리는 언어로 시의 저변을 폐허로 물들인다. 신체의 모든 감각으로 죽음을 맞닥뜨린 저 침묵 너머의 항변은 도저한 절망과 그럴수록 더욱 단단해지면서 결국 깨질 듯한 결빙 상태에 제 마음을 붙잡혔다는 사실을 부정하지 않는 것으로 시집을 연다. 첫 시 「눈과 얼음」 전문이다.

사흘 내내 폭설이 내리고

나뭇가지처럼 허공 속으로 뻗어가던 슬픔이
모든 걸 내려놓는 순간

고드름이 떨어져나갔다
내 몸에서

시위를 떠난 투명한 화살은
아파트 20층에서 지상으로 곤두박질쳤다

이제 사람들은 내 슬픔과 치욕을 알게 되리라

깨진 얼음 조각을 아무렇지도 않은 듯 밟으며

지나가리라

얼음 조각과 얼음 조각이 부딪칠 때마다
얼음 조각이 태어나고

부드러운 눈은 먼지와 뒤엉켜 눈멀어가리라

　자명해서 눈이 먼 극단적 폭력과 절망의 세계에서 감정
이 하나도 남지 않게 된 "슬픔"은 투명하게 빛나는 얼음
과 같이 차고 단단한, 그러나 곧 깨질 듯한 심장으로 변화
할 수밖에 없다고 시인은 말한다. "아파트 20층에서 지상
으로 곤두박질"치며 산산조각 난 고드름처럼 얼음은 몸에
서 떨어져나와 깨지더라도 이내 다시 만들어질 것이다. 깨
진 얼음을 사람들이 아무렇지 않게 밟고 지나갈 때마다 얼
음은 또다시 태어나기 때문이다. 도저한 절망 속에서 '심
장'을 켤 수 있다면, 이 심장은 차라리 얼음으로 된 것에 좀
더 가까울지 모른다. 차가운 나날들, 어김없이 지상에 쌓
인 "부드러운 눈"은 "먼지와 뒤엉켜" 완전히 제 자취를 감
추게 될 것이며, 그렇게 세계를 보는 시야와 삶에 드리운
전망은 부정할 수밖에 없거나 아예 목도하는 것 자체가 불
가능한 일이 될 것이라고 시인은 예언하듯 말한다. 감정과
감각의 끝에 도달하여 차가운 얼음 심장을 품게 된 자가
그려 보이는 고통스러운 노래는 죽은 자를 불러내고, 비극

을 움켜쥐며, 폭력을 직시하면서, 내부에서 움터오는 진지한 성찰과 응시가 더는 가능하지 않은 세계에 도착하여 그 상태를 날것으로 우리에게 고지한다.

당신은 그곳을 세계의 항문이라고 불렀습니다

모든 악이 모여서 배출되는 곳
한번 들어가면 살아나올 수 없는 곳
이것이 인간인가, 되묻게 하는 곳
지금도 시커먼 괄약근이 헐떡거리는 곳

산더미처럼 쌓인 채 썩어가는
안경들, 신발들, 머리카락들, 두개골들,
썩지 않는 고통의 연료들

고통 속에서
더 큰 고통 속으로 걸어들어간 사람들

눈동자들은, 다 어디로 갔습니까
발들은, 얼굴들은, 다 어디로 갔습니까

살과 뼈와 피를 망각으로 밀어넣기 위해
오늘도 발전기는 돌아갑니다

그러나 어떤 기계로도
이 시퍼런 물을 다 퍼낼 수가 없습니다

짜디짠 유언들이 방파제에서 말라가고
밀려오는 파도는 매번 다른 착지선을 기록합니다

가라앉은 자와 구조된 자,
그러나 구조된 자 역시 구조된 것이 아니었습니다

아우슈비츠에서 살아남았지만
당신은 결국 가라앉은 자들에게로 돌아갔습니다

표류하는 기억과 악몽에 뒤척이다가
당신이 가라앉은 곳

우리는 그곳을 세계의 항문이라고 부르겠습니다

부표 하나가
대답할 수 없는 질문처럼 흔들리고 있습니다

가라앉은 자와 구조된 자 사이에서

일어나지 말았어야 할 일과
일어날 수밖에 없었던 일 사이에서
                    —「가라앉은 자와 구조된 자」 전문

　흔히 말하듯 홀로코스트는 단순한 '사고'가 아니었다.
그것은 일시적인 사건이나 단속적인 범죄도 아니었으며,
어느 순간에 자행된 누군가의 일회적인 악행도 아니었다.
"타고난 범죄자들, 사디스트들, 광인들, 사회적 악당들 또
는 도덕적 결함을 지닌 개인들이 저지른 무모한 행위로 해
석하려는 초기의 시도가 구체적 사실들에 의해 전혀 뒷
받침되지 않"[2]은 것처럼 역사 속에서 끊임없이 우리에게
"이것이 인간인가, 되묻게 하는" 홀로코스트는 소수 인종
주의자들이 저지른 우발적인 비극도 아니었다. 시인은 아
우슈비츠 생존 작가 쁘리모 레비가 마지막으로 남긴 유서
이자 증언인『가라앉은 자와 구조된 자』와『이것이 인간인
가』를 지금-여기에서 발생했던 사건, 그러나 절대 "일어
나지 말았어야 할 일", 우리가 모두 알고 있는 비극과 하나
로 포개어 충돌시킨다. 파편이 생생하게 튀어나오듯 이 두
사건을 연접한 문장들("짜디짠 유언들이 방파제에서 말라
가고/밀려오는 파도는 매번 다른 착지선을 기록합니다")

2) 지그문트 바우만『현대성과 홀로코스트』, 정일준 옮김, 새물결,
　2013, 54면.

은 상호 텍스트의 화학작용 속에서[3] "세계의 항문"을 총체적인 악(惡)과 폭력의 공간으로 불꽃처럼 쏘아 올린다. 두 비극은 이렇게 서로 평행을 이루면서 우리를 결국 "대답할 수 없는 질문"의 문턱까지 끌고 간다. "일어나지 말았어야 할 일"이 한편으로 당위라고 한다면, "일어날 수밖에 없었던 일"은 이 두 비극이 예측하지 못했거나 예측할 수 없었던 현실의 우려라든가 우리 삶에 깊숙이 뿌리 내린 실제 공간의 결핍이나 결여가 아니다. 그것은 이 세계가 겪었던, 또한 이 세계가 겪고 있거나 겪을지도 모를 사태들이며, 실제 삶의 구체적인 경험이나 범박한 일상의 사건으로 치환되지 않을 불가항력의 급습, 급습에서 빚어진 패러독스나 아이러니가 아니라 시시각각 육박해오는 당당하고도 이성적인 현실, 언제 어디서고 지금-여기로 들이닥칠 잠재적인 실재라고 시인은 말한다. 지옥에서 살아

3) 마리나 아브라모비치(Marina Abramovic)의 퍼포먼스를 간결한 이야기로 풀어내며, 금기가 허용될 때, 실험 끝에 드러나는 폭력을 통해 인간에게 숨겨진 잔혹성을 그대로 드러내 보인 「Rhythm 0」를 비롯하여 가로가 조금 긴 붉은 사각형 두개가 경계를 흐리면서 붉은 배경 저 아래위로 나란히 붙어 있는 마크 로스코(Mark Rothko) 작품의 "적갈색에게로 가는 검은색"에서 착안하여 "그가 죽음을 향해 스스로 걸어들어갈 수밖에 없었던 이유"를 끌어내 "찢고 나오"는 순간과 타들어가는 죽음을 사유한 「마크 로스코」에 이르기까지, 시인이 작품마다 출처를 밝히고 있듯이 이 시집은 회화와 책, 음악과 퍼포먼스를 적극적으로 끌어안고 '번역'한다.

남은 자, 레비의 죽음이 두 비극 위에 한번 더 포개어진다. 살아남은 자의 기록과 증언을 애도하는 동시에 문명의 야만이 빚어낸 비극에 증오와 연민, 동정과 슬픔이라는 이름으로 서둘러 면죄부를 줄 수 없다며 시인은 "대답할 수 없는 질문"을 바다에 둥둥 떠다니는 "부표"처럼 끌어안는다. "끝까지 어른들의 말을 기다"린 아이들, 어른들이 "시키는 대로 앉아 있었"던 아이들, "몇개의 문과 창문만 열어주었더라면" 살아 돌아올 수 있었을 아이들이 겪어야 했던 비극을 시인은 '재현'하는 언어, 위로하는 말로는 발화할 수 없었던 것일까? "그 유리창을 깰 도끼는 누구의 손에 들려 있는가"(「난파된 교실」)는 의미심장하다. 물음을 여는 이 형식은 결국 날카로운 비판의 목소리를 뿜어내기 때문이다. 비극이 소모되거나 혹여 카타르시스의 산물로 전락할까봐 시인은 정확한 사실에 입각한 최소한의 언어로 그러니까 거칠고 건조하게 담아내어 실제 일어났던 일, 바로 그 순간을 또박또박 적시하며 이렇게 기록한다.

증인 A: 아침 여덟시 오십칠⋯⋯갑자기 배가⋯⋯자판
기와 소파⋯⋯쏟아지⋯⋯복도 쪽으로⋯⋯캐
비넷⋯⋯구명조끼를 꺼내⋯⋯친구들은⋯⋯
기다리고⋯⋯문자를 보냈⋯⋯가만히 있
어⋯⋯우현 갑판 쪽⋯⋯커튼을 찢어⋯⋯루
프⋯⋯여학생들⋯⋯물이⋯⋯바닷물이⋯⋯

탈출……아홉시 오십분……갑판 위로……헬
기……해경……아무도……아무도……

증인 B: 저……저, 저는……3층 안내데스크 근처……
배가 기우는……미끄러져……벽에 부딪
쳤……피가……매점에서……화상을 입
은……좌현 갑판……비상구……열려 있
어……승무원들……우리……대기하라고
만……비상구……친구 셋이……끝내……아
홉시 사십오……물이……차올랐……잠수
를……4층 갑판 쪽으로……헬기 소리가……
탈출 후에야……해경……와 있다는 걸……

―증인은 마지막으로 할 말이 더 있습니까?

증인 B: 할 말……말이 있지만……그만……그래
도……할 말이……해야 할 말이……정신
없이……살아나오긴 했지만……우리 반에
서……저 말고는……아무도……구조되지 못
했……친구들도……살 수 있었을……아무
도……저 말고는 아무도……

간신히 벌린 입술 사이로 빠져나온 말들이 있다

아직 빠져나오지 못한 말들이 있다

　　　　　　　　　　　　　　　—「문턱 저편의 말」부분

　법정에서 기록으로 남겨진 증언이 날것 그대로 시에서
꼴라주처럼 제시되었다. 낱말과 낱말이 서로 이어지지 않
는다. 온전한 문장이 되지 못한 채, 무언가를 토해낸 듯한
저 말들의 행렬은 임박해오는 죽음의 기억을 적시한 것이
며, 살아 돌아온 자가 흘려낸 신음이다. 주저하고 더듬거
리는 이 기호들 사이의 공백에는 이렇게 죽음과 비극이 포
화 상태로 고여 있다. 반복되는 침묵의 '말줄임표'는 살아
남은 자의 증언이 그 어떤 방법으로도 '재현'될 수 없는 사
실적 기록이며, 죽음을 직접 지켜봐야 했던 순간의 구술이
자 절멸의 언어이며, 의미 단위로 분절되지 못하고 오로지
구술로 발화되어 "아무도" 살지 못했다는 비극을 허공에
쏘아 올린다. 그러니까 그것은 생존자의 진술, "간신히 벌
린 입술 사이로 빠져나온 말들"이자 "아직 빠져나오지 못
한 말들"이다. 시인은 이와 같은 증언이 "있다"라고 명확
하게 객관적인 사실처럼 적시한 후, 이 침묵하는 곳, 저 죽
음의 장소, 비극의 말줄임표에 입을 달아, 할 수도 있었을,
그리고 해야 할 나머지 말을 이렇게 적는다.

　손가락 사이로 힘없이 흘러내리는 말. 모래 한줌의 말.
혀끝에서 맴돌다 삼켜지는 말. 귓속에서 웅웅거리다 사

라지는 말. 먹먹한 물속의 말. 해초와 물고기들의 말. 앞이 보이지 않는 말. 암초에 부딪치는 순간 산산조각 난 말. 깨진 유리창의 말. 찢긴 커튼의 말. 모음과 자음이 뒤엉켜버린 말. 발음하는 데 아주 오래 걸리는 말. 더듬거리는 혀의 말. 기억을 품은 채 물의 창고에서 썩어가는 말. 고름이 흘러내리는 말. 헬리콥터 소리 같은 말. 켜켜이 잘려나가는 말. 잘린 손과 발이 내지르는 말. 핏기가 가시지 않은 말. 시퍼렇게 멍든 말. 눌린 가슴 위로 내리치는 말. 땅. 땅. 땅. 땅. 망치의 말. 뼛속 깊이 얼음이 박힌 말. 온몸에 전류가 흐르는 말. 감전된 말. 화상 입은 말. 타다 남은 말. 재의 말.

그래도 문은 열어두어야 한다
입은 열어두어야 한다
아이들이 들어올 수 있도록 돌아올 수 있도록

바다 저 깊은 곳의 소리가 들릴 때까지
말의 문턱을 넘을 때까지
　　　　　　　　　　　　　　　　　　　—「문턱 저편의 말」 부분

시인은 비극의 기록 불가능성의 가능성을 문자로 새긴다. 관형어구로 된 이 수많은 '말'들은 절규에 가깝지만, 그것은 비극의 현장이며, 그래서 명백히 침묵하고 있던 비극의 언술, 증언으로 남겨지거나 영영 기록되지 못할 수도 있는 말이며, 그러나 입을 상실하고 정신을 잃어버린 폐허 위에서 부스러기처럼 산산이 부서지고, 고름처럼 썩어 질질 흐르며, 사지가 잘리고 온통 절멸하며 쏟아져내렸을 고통의 말, 즉 죽음-주검-죽임의 발화다. 비극의 청산과 망각이 가당치 않은 것처럼 반성과 성찰이 충분했던 적도 없었다는 것일까? 버림받은 사람들, 취약한 영혼들, 학대당한 여성들, 죽임당한 존재들, 폭력으로 고통받은 희생자들, 착취당한 사람들, 항용 남루한 피해자들, 재난의 소용돌이 속으로 빨려들어가 되돌아오지 못하는 자들의 언술, 그들이 미처 하지 못한 말, 그러나 해야 하는 말, 저 참혹과 폭력과 재난의 목소리를 받아 적어, 시인은 비극의 발화가 이끄는 곳, 그 "말의 문턱을 넘을 때까지" 낯선 문(文)을 열고 "아이들이 들어올 수 있도록 돌아올 수 있도록" "바다 저 깊은 곳"에서 흘러나오는 말을 듣고 적기 위해 백지 위에 바다에서 여기로 통하는 문(門)도 함께 열어 보인다. 세계는, 말하자면 지금-여기는 여전히 타산적 계산과 보복의 현장이며, 우월성과 민족, 근대와 문명을 사취하는 타락과 악의 씨앗을 먹고 자라 또다른 학살과 추방, 증오와 타자에 대한 부정을 예비하고 있다.

여기가 어디지요?
죽은 줄도 모르고 이따금 묻습니다.

(…)

여기가 어디지요?
반쯤 썩어문드러진 입술로 묻습니다.

이렇게 있으면 안되는데, 하며 일어납니다.
죽은 줄도 모르고 길을 나섭니다.
　　　　　　　　　　　　　──「들린 발꿈치로」부분

　　일본군 성노예 피해자, 침략과 전쟁으로 희생된 과거의
혼령은 죽어도 죽지 못하고, 발꿈치를 든 채 서성거리며
어디론가 가려고 한다. "여기"는 죽거나 죽임을 당한 자
들이 떠도는 연옥과도 같은 곳이다. "사람도 여자도 될 수
없"는 몸은 오늘을 어떻게 살아내고 있는가? 죽음은, 어떤
죽음이건, 삶이, 생명이 하나씩 접혀 만들어진 거대한 주
름과 같다고 시인은 말한다.

　　주름은 골짜기처럼 깊어
　　펼쳐들면 한 생애가 쏟아져나올 것 같았다

　　열렸다 닫힐 때마다
　　주름은 더 깊어지고 어두워지고

주름은 다른 주름을 따라 더 큰 주름을 만들고

밀려오는 파도 역시
바다의 무수한 주름일 것이니

기억이 끼어들 때마다
화음은 불협화음에 가까워지고
그 비명을 끌어안으며 새로운 화음이 만들어졌다

파도소리처럼
오늘 그녀가 도착한 또 하나의 주름처럼

———「주름들」부분

"비명을 끌어안으며" 만들어진 "화음"은 어느 떠돌던 여인의 주검과 유린당한 폭력의 육신을 삼켜버린 "파도 소리"처럼 폐허 위로 울려퍼질 것이다. 이 세계는 차라리 "피냄새를 맡고/눈 위에 꽂힌 얼음칼 주변으로" 몰려들어, 먹이들이 "치명적인 죽음에 이를 때까지" "감각을 잃은 혀"로 "칼날을 핥는"(「늑대들」) 늑대들처럼, "도망치는 것은 무엇이든" 물고 "한번 입에 문 것은 절대 놓치지 않는", 그렇게 "누의 정강이와 성기를 물고 늘어지는 하이에나 들"처럼, "누가 끝내 잡아먹힌"(「하이에나들」) 폭력과 폭력에 의한 죽음-주검-죽임으로 가득하다. 그리고 이 죽음-

주검-죽임으로 뒤덮인 어둠은 세상에 편재하면서 울림을
가라앉히는 법이 없다.

 흙먼지 속에서 버둥거리던 누가 쓰러지고
 정강이에는 피가 흐르고

 둠둠둠둠 둠둠둠둠 둠둠둠둠둠둠둠둠둠둠둠

 누가 끝내 잡아먹힌

 어둠둠둠둠둠둠둠둠둠둠둠둠둠둠둠둠둠둠둠둠
 둠둠둠둠둠둠둠둠둠둠둠둠둠둠둠둠둠둠둠
 둠둠둠둠둠둠둠둠둠둠둠둠둠둠둠둠둠둠둠
 둠둠둠둠둠둠둠둠둠둠둠둠둠둠둠둠둠둠둠
 둠둠둠둠둠둠둠둠둠둠둠둠둠둠둠둠둠둠둠
 둠둠둠둠둠둠둠둠둠둠둠둠둠둠둠둠둠둠둠
 둠둠둠둠둠둠둠둠둠둠둠둠둠둠둠둠둠둠둠
 둠둠둠둠둠둠둠둠둠둠둠둠둠둠둠둠둠둠둠
 (…)
                           ──「하이에나들」부분

 반복되는 단음절의 울림은 공포의 진동이라기보다 편
재하는 죽음의 파장이며, 죽음의 음성이자 무한으로 치닫는 주검의 박자라고 해야 한다. 끝나지 않는 학살과 폭력으로 인해 도처에 널린 개인적·사회적·공동체적 죽음은 끝나지 않는 북소리의 외마디 메아리를 후렴으로 '어둠'에게 붙여준다. 이번 시집에서 '사회적·공동체적' 자아가 이전에 비해 조금 더 확장되어 나타나는 것은 선(善) 대신 악(惡)이 점점 더 가치와 윤리를 위협하는 현실, 갈수록 저항이 어려워지고 비판에서 멀어지는 자본주의의 착취와 팽창 일로의 균일화에서 그 이유를 찾을 수 있을 것이다. 사실 '악'도 이 삶에서는 실로 평범하기조차 하다. 감시도, 검열도, 그것을 행하는 자도 평범한 얼굴을 하고 있거나 평범함을 필요로 할지 모른다. 악의 주체는 "아주 선량한 얼굴"을 지닌 자, "절제된 표정과 어투를 지닌 공무원", "경험이 풍부한 외교관"일 수도 있다. 그러나 "문 뒤에 서 있는 투명인간들"(「새로운 배후」)처럼, 악의 근원이나 배후는 절대 밝혀지지 않거나 결코 제 민낯을 드러내지 않는다. 물론 거짓말도, 위선도, 가식도, 사심도 폭력만큼이나 평범하다. 이 사회는 모든 것을 복제하는 시뮬라크르의 세계에서 허덕이고 있으며, 정직한 사람조차 "거짓말의 중요성을 알고 있다"고 시인은 말한다. 개인의 차원을 벗어난 거짓말을 진실로 위장하기 위해, 또 그 "표정을 들키지 않기 위해/피가 묵처럼 굳을 때까지 기다려야 한다"는 사실을 누구나 알게 모르게 숙지하고 살아가는 것이다. "확정된 진실조차 없기" 때문이라고 그 이유를 둘러대거나,

혹은 실로 그렇기 때문이라고 주장하고 "정직함이 불가능해진 세계에서/정직함에 대한 부정직한 이해만이 무성한 소문을 만들어낼 뿐"(「정직한 사람」)인 까닭에, 냉정한 현실에서 단수로 존재하는 정직은 복수로 증식하는 거짓을 절대 이기지 못한다. 거짓말이나 조작과 감시의 추악한 배후가 삶에서 저절로 사라지기를 바라는 것은 세계에서 자행되는 오염과 파괴 앞에서 넋 놓고 낙관을 드리우는 것만큼이나 어리석은 일일지도 모른다.

> 재앙은 전깃줄을 따라 퍼져가고
> 소문은 가스관, 상하수도관, 지하도마다 창궐합니다.
> 기형아가 태어나고
> 네모난 해바라기꽃이 피어나고
> 머리가 둘 달린 돌고래가 해변으로 떠밀려오고
> 그래도 LED 불빛 아래 채소들은 초록빛을 잃지 않았습니다.
>
> 거대한 구름기둥,
> 저 구름의 제조권은 누가 갖고 있습니까?
> ──「미래의 구름」 부분

> 새들은 오늘도
> 윗, 윗, 윗, 윗, 트윗, 트윗, 트윗,

지상의 작은 방앗간에서

—「새를 심다」부분

시인은 방사능을 방출하는 물질로 알려진 "플루토늄, 요
오드, 세슘, 스트론튬……"으로 구성된 "구름 가득한 미래
가 우리를 기다리고 있"으며, 그렇다 한들 "어쩔 수 없"는
일이라고 말한다. 비관론은 아니다. 이 세계는 단순히 오
염되었을 뿐만 아니라 "클라우드의 세계", 즉 복제된 가상
의 공간 속에서 하루하루를 소비하는 구조로 이루어져 있
다고 비판의 목소리를 돋우기 때문이다.[4] "비행기 대신 구
름을 타고 여행하게 될"(「미래의 구름」) 세계, "날아도 날아
도 그 자리"인 세계는 "리트윗한 문장을 리트윗하고"'좋
아요'와 '슬퍼요'를 번갈아 누르면서 체험-경험-소비에
가담했다는 인상을 심어주는 SNS의 그것과 동질적으로
닮아 있다. 오염된 공간-사건-세계의 비극적 참상은 가상
공간에서 매일같이 우리에게 배달되는 잡보(雜報)들, 가
십거리들, 선전 문구, 선정적인 이야기, 참혹한 사건 등으

---

4) 시는 "구름"을 "클라우드의 세계"라고 지칭하여 오염과 복제의
폐해를 동시에 환기한다. '구름'을 뜻하는 '클라우드'는 개인이 저
장해둔 데이터들이 관리를 철저하게 해도 하루아침에 데이터가 사
라지거나 모르는 타인에게 공개될 수 있는 치명적인 단점이 있다.
이는 개인의 잘못이라기보다 데이터를 관리하는 회사의 관리 소홀
일 경우가 대부분이다.

로 가득한 무한 반복의 인터넷 공간과 공명한다. 재난으로 인한 기형이나 환경 파괴, 생태계의 왜곡이나 오염 등 비극의 원인이자 현실은 복제가 가능한 상황 속에서 사실이나 진실을 알려주는 대신, "공백과 기호들을 풍성하게 사용"하는 방식으로 퍼져나간다. 우리는 이렇게 매일 "국경을 넘어/시차와 밤낮을 가리지 않고" 가상공간에서 무언가를 하며, 또한 무언가를 한다는 착각에 사로잡혀 있다. 이와 같은 악순환을 반복하면서 손가락으로 전자기기를 만지작거리고 제자리를 맴돌면서 살아가고 있는지도 모른다. 이렇게 "새"는 이 공간에서 "140자 안에서 허락된 자유를 누리"면서 날고 있다는 현실감을 가지며, 인간은 "예기치 않은 때에 날아오는 메시지들"을 수시로 확인하거나 "순식간에 퍼지는 루머들"을 접하고, 이를 읽으며 사실로 믿거나 이것을 다시 실어 나르며 강박적인 재생산에 기꺼이 동참한다. 이렇게 "누군가 퍼나르는 시나 소설의 토막 난 문장들"(「새를 심다」)을 카피하여 저장하거나 조금 지나 아예 다시 읽으며 자기 것이라고 착각하기도 한다. 우리는 모두 이곳에서, 안과 밖이나 현실과 가상의 구분이 무가치해진 접점에서 삶을 기획하고 그 경계에서 허방을 짚으면서 꿈을 꾼다. 그렇다면 이 "거대한 구름기둥" 같은 곳, 오염된 곳, 이 오염마저 소비의 산물로 교환하는 이곳의 "제조권은 누가 갖고 있"는가? "나치스 대신 자본주의라는 장갑을 낀 손으로" 행하는, "필요성보다는 불필요성

141

을 가려내기 위한 분류법"(「어떤 분류법」)은 그러니까 어떤 근거로 대학에서, 사회에서, 이 세계에서 버젓이 자행되는가? 종이 쪼가리 하나로 모든 결정을 통보하고, 운명을 편리한 방식으로 결정하고, "통계다운 불확실성"(「다리를 건너는 다리들」)과 "도무지 뉘우침 없는 표정"을 지으면서 "간결하고 견고한 형식에 도달"(「108그램」)하는 자본주의가 낳은 사뭇 태연해 보이는 풍경은 그 안에 항상 비애를 감추고 있으며, "어디서 오는지 알 수 없"는 "통증"(「심장을 켜는 사람」)을 발산한다.

　　짝짓기 직전 개들의 표정과
　　도살장으로 끌려가는 소들의 눈망울에서
　　당신은 어떤 비애를 읽어내는가
　　아니, 그 표정들은 당신에게 무엇을 요구하는가
　　　　　　　　　　　　　　—「이 도시의 트럭들」 부분

　　몇 그램의 절망이
　　일용할 양식이 되는 곳

　　어두운 계단과 구멍들 사이로
　　기적처럼 한줄기 바람이 불어오는 곳

　　산소 없이 살 수 없지만

142

너무 많은 산소에도 견디지 못하는 우리는
썩은 공기로 숨 쉬는 법을 배웠어요

인간이라는 비루한 감옥에 갇혀 살기는
지상이나 지하나 마찬가지,
물론 지하세계에도 시장과 학교와 교회가 있어요

우리는 투명인간처럼 살지만
그렇다고 빛이 필요하지 않은 건 아니에요
　　　　　　　　　　　　　　　　—「혈거인간」부분

　우리가 사는 이곳에서 우리는 무엇을 보고 느끼고 사유하는가? 무엇에 공감하고 또 무엇 때문에 상처를 받는가? 어떤 비정한 얼굴로 당신은 매몰차게 타인에게 등을 돌리는가? "몇 그램의 절망이/일용할 양식이 되는" 이곳, 이 자본주의 사회에서 살아가는 당신은 "비애"의 장면들을 마주하며 "죽음 쪽으로 쏟아지려는 것들"(「이 도시의 트럭들」)을 삶의 골목에서 일상적으로 대면한다. 그때 당신은 어떤 표정을 지어 보이거나 지어 보일 수 있는가? 사회 구석구석을 누비는 자본주의의 균일적 사고와 착취의 구조와 편재하는 획일화된 시간 속에서 "썩은 공기로 숨 쉬는 법"을 배워야만 하는 이곳에서 시인은 그러나 절망으로 대답의 목소리를 내지는 않는다. "사람의 마음을 열 수 있는 말을 가졌다는 것/마음의 뿌리를 돌보며 살았다는 것"은 이 자본주의 사회에서 죄악인가? "시 쓰는 일을 멈추지 않았다는 것"은 형벌인가? 시인은 "생애를 견뎌온 문장들 사이로"(「파일명 서정시」) 걸어들어가 "마지막 재와 먼지와 보푸라기로 쓸 문장"(「향인(香印)」)을 항상 고심하는 자라고 말한다. 시인은 오히려 절망의 절망, 죽음의 죽음, 폭력의 폭력 저 끝까지 치달으며 폐허 위에 한걸음을 더 내디디려는 의지, 침묵과 마주하거나 침묵할 수밖에 없는 상태에 가닿고 마는 노래 저 너머로 또다시 새어나오는 노래의 주인이다. 시인은 "젖은 잿더미만 창백하게 남아 있"어 "어떤 노래도 더이상 들리지 않는 밤"에 "노래의 휘장"(「탄센의 노래」)을 찢을 때 터져나오는 노래를 흘려보낸다. 시인은 고통이 젖어든 가장 낮은 곳에서 노래한다. 나희덕에게 시인은 좌절되었음이 명백한 입술로 노래를 부르고자 하는 자, 부를 수 없는 비극의 노래를 부르려는 사람이다. 아우슈비츠 이후 서정시를 쓰는 일이 더이상 가능하지 않다고 말했던가. 삶이 고통으로 점철될 때, 비극이 무람없이 현실의 문을 열고 재난처럼 수시로 들이닥칠 때, 비극이 소통과 대화의 가능성을 상실한 채 사방에 묵시록처럼 퍼져나갈 때, 시는 거친 언어, 거친 산문과 같은 형식을 과감히 끌어안는다. 언제부터인가 나희덕의 시는 성찰과 돌봄의 맑고 고운 서정시가 아니라 점점 피를 흘리고 찢긴 상처로 위험과 재난의 목소리를 흘려보내는 싸이렌의 노래에 가까워졌다.

피에 젖은 깃발처럼
상처 입은 새처럼 바람에 파닥거리는

붉은 텐트 속으로

바닥에 흩어진 딸기를 밟고 가는 사람들이여
이 절벅거리는 슬픔을 보세요

으깨진 살과 부르튼 입술로 노래하는 이여
입술을 둥글게 오므려보세요

노래는
숨결을 모아 소리의 화환을 만드는 것

귀를 틀어막고 지나는 사람들이여
이 노래를 들어보세요

싸이렌의 노래를

우리는 저마다 기울어지는 난파선이니
깜박이는 불빛으로 다른 난파선을 비추는 눈동자이니

가라앉는 손을 잡는 또 하나의 손이니

어서 들어오세요
우리의 피로 빚어진 붉은 텐트 속으로
　　　　　　　　　　　　—「붉은 텐트」 부분

　중요한 점은 시인이 팽창하는 저 획일화된 죽음과 재난의 시간과 그 역사 앞에서 아(我)와 타(他), 외부와 내부, 이질적인 것과 동질적인 것, 주체와 객체, 삶과 죽음 중 양자택일이라는 손쉬운 이분법을 봉합하고 끝까지 나아가려 한다는 것이다. 나희덕은 성찰이나 지향, 위로나 포용, 취미나 경향처럼, 비교적 손쉬울 것이라 여겨질 태도를 짐짓 고안하려 애쓰거나 윤리를 붙들어매어 재난의 돌파구를 찾으려 하지 않는다. 나희덕에게 시는 "두려울 때는 아무도 모르게" 부르는 "노래"(「슬픈 모유」)와 같은 것이다. 이렇게 그는 가장 낮고도 삐뚤어진 곳에서, 한없이 어긋난 지대에서, 낮음, 삐뚦, 어긋남에 부합하는 거친 말로, 위태로운 것들, 자명함 속에 은폐되어 있던 꺼질 듯 희미하고 항상 불안에 젖어 사는 존재와 그들의 삶을 위태롭고, 희미하고, 불투명하고 불안한 말로 담아낸다. "수많은 대각선의 날들, 날개들, 그림자들, 핏자국들"을 기록하는 이 말들의 고안, 세상의 모든 "대각선의 종족이 남긴 유언들"(「대각선의 종족」)을 기록하려 목청을 돋우는 저 낯설고 고

146

통스러운 노래, 그렇게 "어디론가 불려가는 것들/불려가면서 다른 존재를 불러오는 것들"(「대각선의 길이」)을 노래하는 시의 목소리가 이 폐허 위에서 울려나온다. 시인은 "노래의 힘으로 죽음의 사막"을 건너듯 "마른 나뭇가지를 들고"(「마른 나뭇가지를 들고」) 죽음에 들리고, 죽음을 통과하고, 죽음의 전부와 그 과정을 오로지 노래, 그러니까 힘겨운 발화를 실현한다. 그의 시는 "다만 비스듬히, 비스듬히, 말하는 법"(「대각선의 종족」)을 배운 자가 고통스럽게 부르는 싸이렌의 노래, "어떤 먼 것/어떤 낯선 것/어떤 무서운 것에 속한 아름다움"이 "말의 원석에서 떨어져내리는/글자들"(「라듐처럼」)로 울려내는 저항의 노래, 투쟁과 싸움의 노래, "묽어가는 피를 잉크로 충전하면서"(「종이감옥」) 부르는 노래다.

　　빛의 옥상에서
　　서른세개의 날개를 돌려라

　　오다 가다 오르다 내리다 흐르다 멈추다 녹다 얼다 타오르다 꺼지다 보다 듣다 생각하다 말하다 삼키다 뱉다 잡다 놓다 울다 웃다 주다 받다 묻다 답하다 밀다 당기다 열다 닫다 떠오르다 가라앉다 부르다 사라지다 넘다

　　서른세개의 동사들 사이에서

하나의 파도가 밀려가고 또 하나의 파도가 밀려올 것
이니
　　세상은 우리의 손끝에서 부서지고 다시 태어날 것이니

　　기다리지만 말고 서른세개의 노를 저어 찾아라
　　세계의 손끝에서 마악 태어난 당신을
　　　　　　　　　　　──「서른세개의 동사들 사이에서」 전문

　"숨도 숨통도 숨결도 숨소리도 차디찬 입술에 얼어붙
었"(「숨은 숨」)으며 "피가 끝도 없이 쏟아져내린"(「천공(穿
孔)」)다. 죽음의 그림자가 엄습해온다. 누군가 떠나려고 하
거나 저 너머로 떠나갔으며, 사라졌거나 사라져야 했다.
"말 대신 흙이 버석거리"(「종이감옥」)는 소리를 그는 매일
듣는다. 죽어야 끝나는 일인가? 죽음을 댓가로, 그러니까
삶을 통째로 걸고 그는 시를 쓴다. "무언가 끝나가고 있다
고 느낄 때", "마지막 돌부리에 걸려 넘어졌을"(「기슭에 다
다른 당신은」) 때, 숨이 끝나려는 순간, 절명의 순간, 파국의
순간, 위험의 순간을 시는 노래한다. 무엇인가 끝났거나
끝나가고 있다는 것은 끝이 오는 것을 어떻게든 막아보려
는 의지보다는, 세계의 끝, 재난의 현실, 파국의 현장, 현실
에 육박해오는 비현실적 사실들과 비극들 속에서, 죽음-
주검-죽임의 현실 속에서, 인간이 무엇인가, 인간이 무엇
을 할 수 있는가를 되물을 최후의 숨결이다. 시는 이렇게

148

매일 "무너져내리"는 저 "종이벽" 더미 속에서 '마지막' "얼굴 하나"(「종이감옥」)를 찾아내고, "세계의 손끝에서 마악 태어난 당신"을 마주하는 일이다.

趙在龍 | 문학평론가

이빨과 발톱이 삶을 할퀴고 지나갔다.
내 안에서도 이빨과 발톱을 지닌 말들이 돋아났다.

이 피 흘리는 말들을 어찌할 것인가.

시는 나의 닻이고 돛이고 덫이다.
시인이 된 지 삼십년 만에야 이 고백을 하게 된다.

2018년 가을

나희덕

창비시선 426

파일명 서정시

초판 1쇄 발행 / 2018년 11월 15일
초판 6쇄 발행 / 2021년 10월 4일

지은이 / 나희덕
펴낸이 / 강일우
책임편집 / 이선엽
조판 / 박아경
펴낸곳 / (주)창비
등록 / 1986년 8월 5일 제85호
주소 / 10881 경기도 파주시 회동길 184
전화 / 031-955-3333
팩시밀리 / 영업 031-955-3399 편집 031-955-3400
홈페이지 / www.changbi.com
전자우편 / lit@changbi.com

ⓒ 나희덕 2018
ISBN 978-89-364-2426-8 03810